KB166763

두근거리면 사랑일까요?

브리지뜨 라베는 작가입니다. **미셸 퓌엑**은 소르본 대학에서 철학을 가르치고 있어요. **자크 아잠**은 일러스트레이터로 〈철학 맛보기〉 시리즈의 모든 그림을 그렸으며, 만화도 그리고 있습니다. 이 책을 우리말로 옮긴 **이영희** 선생님은 프랑스 브르타뉴 남 대학교에서 현대 출판학 석사 학위를 받았고, 헨느 대학에서 조형 미술학 박사 과정을 마쳤습니다. 지금은 프랑스 르망 대학교 어학당에서 한국어를 가르치며, 전문 번역가로 활동하고 있습니다.

철학 맛보기 21 두근거리면 사랑일까요? — 사랑과 우정

지은이 · 브리지뜨 라베, 미셸 퓌엑 | 그린이 · 자크 아잠 | 옮긴이 · 이영희
첫 번째 찍은 날 · 2014년 1월 15일
편집 · 김수현, 문용우 | 디자인 · 박미정 | 마케팅 · 임호 | 제작 · 이명혜
펴낸이 · 김수기 | 펴낸곳 · 도서출판 소금창고 | 등록번호 · 2013-000302호
주소 · 서울시 마포구 포은로 56, 2층(합정동) | 전화 · 02-393-1174 | 팩스 · 02-393-1128
전자우편 · hyunsilbook@daum.net
ISBN · 978-89-89486-81-7 64860
ISBN · 978-89-89486-80-0 64860(세트)

L'AMOUR ET L'AMITIÉ
Written by B. Labbé, M. Puech and J. Azam
Illustrated by Jacques Azam
Copyright © 2005 Éditions Milan – 300, rue Léon Joulin, 31101 Toulouse Cedex 9 France
www.editionsmilan.com
Korean translation copyright © Sogumchango, 2014
This Korean edition was published by arrangement with Éditions Milan through Sibylle Books Literary Agency, Seoul

| 브리지뜨 라베 · 미셸 퓌엑 지음 | 자크 아잠 그림 | 이영희 옮김 |

두근거리면
사랑일까요?

소금창고

철학 맛보기의 메뉴

감정의 늪

이고르는 인형을 좋아해요.

인형을 껴안고 볼을 비비면 기분이 좋답니다.

너무 부드러워 마음까지 포근해지거든요.

무니아는 목공예 작업실에서 의자와 가구,

책상을 만드는 것을 좋아해요.

나무로 만드는 것은 뭐든 좋아요.

무니아는 나뭇결의 매끈한 감촉을 좋아하지요.

특히 나무 냄새를 맡으면 기분이 좋아져요.

쥐스틴은 따뜻한 거품 목욕을 하는 것을 좋아해요.

이때가 세상에서 가장 행복하답니다!

이고르와 무니아와 쥐스틴이 느끼는 감정은 인형, 나무, 따뜻한 거품 목욕 같은 어떤 물체와 접촉했을 때 생겨납니다.

맨발로 잔디나 모래를 밟을 때, 촉감이 부드러운 옷을 입을 때, 그리고 피아노 소리를 들을 때에도 이러한 감정을 느껴요. 모든 사물은 우리에게 감정을 전달해 줘요. 하지만 사물 자체에서 감정을 느끼는 건 아니에요. 서로 공감을 할 때 감정이 생기는 거죠. 막스는 내게 웃음을 안겨 주고, 내가 기뻐하는 것을 보는 것을 좋아해요. 막스가 좋아하는 것을 보면 나 또한 행복해지죠. 내가 행복해할 때 막스는 정말로 좋아하죠.

인간은 감정 안에서 발전하기 시작했고, 이렇게 감정을 주고받는 것은 우리의 삶을 이끄는 원동력이 됩니다.

작은 수수께끼 놀이

태어나서 죽을 때까지, 아침부터 밤까지, 밤부터 아침까지, 무엇이 이토록 우리를 감정의 늪에 빠지게 하는 걸까요?

기쁨, 슬픔, 재미, 고통,
행복, 불행, 희망, 절망, 두려움, 후회, 갈망, 평화,
노여움, 평온, 스트레스, 긍지, 창피함…
이런 감정이 생기게 하는 이유는 무엇일까요?

사랑 때문일까요? 우정 때문일까요?

아무것도 하기 싫어

카미유는 이사를 가게 됐어요.

아빠가 다른 곳에 새 직장을 구했거든요.

엄마는 어느새 이사 갈 집을 알아보셨답니다.

이사 얘기를 들은 뒤로 카미유는 절망에 빠졌습니다.

밤에는 잠도 제대로 못 잤어요.

아침이 되어도 일어나기 싫다고 고집을 부렸고

계속해서 울기만 했지요.

"이사 가면 넌 커다란 방을 혼자 쓸 수 있어.

동생하고 더 이상 다툴 일도 없을 거야.

우리만의 정원도 있어! 멋진 체리나무도 있고!

여기처럼 날씨가 덥지도 않아.

봄에는 정원에서 점심을 먹을 수도 있단다.

바비큐도 할 수 있지.

이삼 년 뒤엔 수영장도 만들 참이야."

카미유는 그동안 동생을 자기 방에서 쫓아내지 못해 안달을 했어요. 동생은 틈만 나면 카미유의 물건들을 뒤지고 방을 어질러 놓았거든요. 하지만 이제 카미유는 그런 건 아무래도 좋아요. 이사를 안 갈 수만 있다면 동생에게 방을 내주고 자기는 거실 소파에서 자도 괜찮다고 생각했어요. 정원과 체리나무, 바비큐와 수영장 얘기를 들어도 하나도 반갑지 않았답니다.

카미유는 이사 갈 집 사진을 보며 중얼거렸어요.
"마르고랑 델핀이랑 함께할 수 없다면 그런 게 다 무슨 소용이야?"

그러고는 다시 혼잣말로 대답했지요.

"아무것도 필요 없어!"

카미유는 유치원 때부터 마르고랑 델핀과 떨어져 본
적이 없었습니다. 이 두 친구 없이 어떻게 중학교 1학년
을 시작할 수 있다는 건가요? 카미유는 상상하는 것만
으로도 온몸에 기운이 쭉 빠져 아무것도 하고 싶지 않았
답니다.

전부 하고 싶어

"내일은 아침 일찍 숲을 산책한 다음에 루아르 지방의 성들을 구경할 거란다. 6시에 일어나 준비해서 7시에 출발하는 거다."

아침 일찍 일어나기. 두 시간 동안 차 타기. 걷기. 관광하기. 하나같이 케빈이 싫어하는 것들입니다. 그렇다고 부모님께 말씀을 드려도 소용이 없을 거예요. 케빈이 뭐라고 하든 엄마 아빠는 계획을 바꾸지 않으실 거고 케빈을 집에 두지 않으실 거라는 걸 잘 알기 때문이죠.

"케빈, 네 누나가 시험 때문에 집에 있어야 한다는구나. 한 자리가 남으니까 네 친구를 데려와도 돼."

케빈은 얼른 전화기를 집어 들었어요.

신난다! 파트릭이 올 수 있답니다!

잠자리에 들면서 케빈은 내일 일을 상상해요.

생각만 해도 신이 나요.

30초 만에 모든 것이 뒤바뀌었어요. 우울한 하루가 축제의 날로 변했지요. 우정은 마술 같아요! 우정은 우리에게 힘을 주고 기대에 부풀게 해 준답니다.

쥘리앙의 날개

"쥘리앙이 요즘 활기가 넘쳐요. 일주일에 세 번씩 운동을 한대요. 갑자기 무슨 마음을 먹은 걸까요? 이미 몇 주 전부터 운동에 아주 열심이더라고요. 어떻게 하루아침에 달라질 수가 있죠? 어제는 자기 셔츠를 직접 다리는 걸 봤어요. 해가 서쪽에서 뜰 일이지 뭐예요!"

하지만 쥘리앙 어머니가 아직 모르시는 게 있어요. 쥘리앙은 기타를 치고 싶어 하고, 돈을 모으기 위해 아기 돌보는 일을 찾고 있었답니다. 쥘리앙의 아버지가 이야기를 듣고 나더니 이렇게 말하셨어요.

"아주 간단해. 쥘리앙은 사랑에 빠진 거야!"

쥘리앙 아버지의 생각이 맞았어요. 쥘리앙은 사랑에 빠졌답니다! 쥘리앙의 어머니가 이야기하시는 것을 들으면 누구나 그렇게 생각할 거예요. 쥘리앙은 사랑에 빠졌다고요! 쥘리앙은 날개가 돋친 기분일 거예요. 기운이 넘쳐서 뭐든 하고 싶겠지요.

의심할 여지가 없어요. 사랑은 아주 강력한 엔진과 같아요. 엄청난 에너지의 근원이지요. 계획한 것을 모두 실현하고 싶게 만들지요!

나 정말 정상인 걸까?

2개월째 되면 웃는다. 8개월이 되면 이가 난다.

14개월이 되면 두 발로 걷기 시작한다…

마리는 육아 책을 읽으며 머릿속이 복잡했어요.

딸아이가 어제로 딱 15개월이 되었는데,

아직도 걸음마를 못하고 있거든요.

건강해 보이긴 하지만 여전히 기어 다니고 있답니다.

마리는 딸아이가 정상인지 알아보려고

소아과에 바로 예약을 했지요.

의사 선생님은 마리가 쓸데없는 걱정을 하고 있다고

말씀하셨어요. 아이는 아
주 건강하다는 겁니
다! 마리는 모든
아이가 똑같은 속
도로 성장하며 성
장 과정이 모두 정
해져 있다고 생각했

지요. 물론 딸아이가 두 살이
되도록 걷지를 못한다면 엄마로서는 걱
정이 될 거예요. 하지만 15개월에서 단 하루가 지났는
데 그런 걱정을 하는 것은 지나친 거랍니다.

   그런데 우리 모두에게도 마리와 같은 면이 있지 않을
까요?

   "너 그거 알아?
   줄리에트는 아직까지 뽀뽀를 해 본 적이 없대.
   남자친구를 사귄 적이 한 번도 없나 봐."
   마린과 폴린은 아무래도 줄리에트가

● 정상이 아닌 것 같다고 말해요.

마린과 폴린은 세상을 사는 데에는 규칙이 있어서 그걸 따르지 않으면 문제가 있다고 생각해요.

● 가끔은 줄리에트도 그런 생각을 해 보지 않은 게 아니에요. 자신이 정말 정상이 아닐지도 모른다고요. 어쩌다 친구들이 방과 후에 남자친구와 손을 잡고 가는 것을 볼 때가 있어요. 그때마다 줄리에트는 이렇게 생각해요.
"흠, 샤를르에게 슬쩍 말을 걸어 볼까?"
줄리에트는 샤를르가 자기와 사귀고 싶어 한다는 것을 알고 있거든요.

하지만 열네 살에 이성 친구가 있어야 하고, 열여섯 살이면 뽀뽀를 해야 하며, 스무 살에는 애인이 있어야 하고, 서른 살에는 결혼을 해야 하고, 서른다섯 살 전에는 아이를 가져야 한다는 것 등은 누가 정했나요? 물론 만 열여섯 살이 되어야 스쿠터를 운전할 수 있고, 만 열

여덟 살부터는 차를 운전할 수 있고 만 열아홉 살부터는 투표권을 가질 수 있는 것 등은 법으로 정해져 있어요. 그렇지만 이성 친구가 있어야 하는 나이와 아이를 낳아야 하는 나이도 법으로 정해 놓았을까요?

그렇지 않아요. 우리 스스로가 틀을 정해 놓고 거기에 못 미친다든가 평범하지 않다는 것을 두려워하고 있는 겁니다. 그래서 사람들은 흔히 이런 말을 해요. "이거 꼭 해야 돼." 단지 다른 사람들이 이미 했으니 자신도 해야 한다고 생각해서 말이죠.

아름다운 이야기가 되길

"카미유, 제발 진정해!

누가 보면 네 친구들이 죽은 줄 알겠다!

마르고와 델핀을 영영 못 만나는 것도 아니잖니.

서로 편지로 이야기하고

방학을 하면 얼마든지 만날 수 있잖아."

카미유의 아빠가 딸을 달래며 말합니다.

카미유도 델핀과 마르고가 자기 곁에서 사라지는 것이 아니라는 것은 알아요. 그렇지만 걱정이 돼요. 과연 500킬로미터나 떨어진 먼 곳에서도 친구들과 변함없이 우정을 나눌 수 있을지 겁이 나는 거죠. 카미유가 걱정하는 것

도 일리가 있어요. 우정은 사랑과 마찬가지로 느끼는 감
정만이 다가 아니거든요.

　이것은 한 편의 이야기와 같아요. 어쨌거나 사랑의 이
야기나 우정의 이야기를 함께 쓰길 바라죠. 두서너 명도
좋고 여러 명도 아무 문제 없어요. 모두 아름다운 이야
기를 함께 만들어 가기를 바란답니다.

뜨개질하기

디미트리는 불꽃이 타는 걸 보며 참 멋지다는 생각을 했어요. 오렌지색 불꽃이 장작을 어루만지듯 활활 타오르지요.

이따금씩 숯이 된 장작이 풀썩 주저앉는 소리도 들립니다. 디미트리는 난롯가에서 몇 시간을 꼼짝 않고 앉아 있을 수 있어요.

하지만 불꽃에 정신이 팔려 나무 집어넣는 것을 잊어버리곤 해요. 깜빡하는 사이에 불길이 꺼져 버리면 너무 애석하답니다.

뱅상은 야스민을 지그시 바라봐요. 사랑하고 사랑해요, 미치도록요.

뱅상은 벤치에 앉아서 야스민을 바라만 볼 수도 있어요. 몇 시간이든 며칠이든 몇 년이든지.

　뱅상의 감정은 디미트리의 불꽃과 같아요. 뱅상은 스스로의 감정을 바라만 보고 있을 뿐 아무것도 하지 않아요. 디미트리도 그렇게 하다 불을 꺼트리고 말았어요. 뱅상은 실패한 사랑의 이야기를 쓰려고 하네요!
　사랑과 우정은 단지 마음 깊숙이 느끼는 감정만이 아니랍니다.

　　리디아는 오늘 자연 체험학습을 마치고 왔어요. 할 얘기가 너무너무 많아요.
　"테오와 알리스랑 함께 정말 멋진 작업을 했어. 나무 위에 오두막을 짓고 그 안에 들어가 간식을 함께 먹었지. 쿠션이랑 필요한 물건도 갖춰 집처럼 꾸

몄다니까. 선생님들은 우리를 위해 촛불을 켜 주셨어. 자정까지 오두막 안에 있는 것도 허락해 주셨고.

　다음 날엔 산에 올라갔어. 산장에서 치즈가 듬뿍 든 감자 요리를 먹었지. 알리스가 침낭을 잃어 버리는 바람에 나랑 함께 잤어. 으… 발에 물집이 심하게 잡혔는데, 다행히도 테오한테 반창고가 있었어."

　리디아와 테오와 알리스는 평소에도 친한 사이예요. 하지만 자연 체험학습을 통해 여러 가지 경험을 함께하면서 우정이 더욱 깊어졌답니다.

　감성은 중요해요. 그 자체만으로도 아주 중요한 역할을 하지요. 감성 덕분에 함께 재미있는 계획을 상상할 수 있고 사람들 사이에 일어날 수 있는 모든 일을 꿈꿀 수 있어요. 하지만 그러려면 반드시 꿈이 있어야 해요. 꿈이 있을 때, 감성은 더욱 강렬해지고 또 다른 것을 진행할 수 있지요. 이런 감성과 계획 사이를 넘나들며 아름다운 사랑 이야기 또는 아름다운 우정 이야기를 함께 엮어 갈 수 있답니다.

너 암호 알아?

리디아와 테오와 알리스는 궁리를 했어요.

자신들이 만든 오두막집에 아무나 들어와선 안 되거 든요.

그래서 암호가 필요했답니다.

세 아이는 누가 들을세라 귓속말을 하면서 결국 암호 를 만들어냈지요.

물론 다른 사람들에게는 절대 알려 주지 않았어요.

"이제 우정의 서약을 하자."

테오가 선언했습니다.

세 친구는 손을 포갠 뒤 맹세했어요.

"우리의 우정은 살아서도 죽어서도 영원하리라!"

흔히 첫 번째 계획은 교실 앞에서 뒤쪽으로 은밀하게 말을 주고받는 걸로 시작합니다. 선생님 모르게 쪽지를

교환하기도 하지요. 우정의 서약은 우정 이야기의 출발점이 돼요. 사랑의 고백은 사랑 이야기의 서막을 알리는 거고요.

말에는 신비한 힘이 있어서 이야기의 시작이 되어 줍니다. 입 밖에 내놓으면 한결 마음이 가벼워지는 거죠. 마치 새장을 열어서 마음을 자유롭게 날려 보내는 것과 같아요. 사람들에게 그 마음을 전해서 키워 나가게 한답니다.

일단 마음을 열어 놓으면 1초, 1개월, 1년 동안은 이야기가 진행되죠. 감정은 더 이상 마음속에 갇혀서 끙끙대는 일이 없답니다.

매일 투덜거려!

"피에르랑 말로는 나랑 제일 친하다고 하면서 우리 집에 놀러 온 적이 한 번도 없어. 늘 내가 걔네 집에 가곤 해. 아플 때에는 내가 숙제를 대신해 주기도 했다고. 운동장에서 피에르를 찾아다니는 쪽도 항상 나였어. 수업이 끝나면 같이 가려고 기다리는 것도 나고. 나는 간식도 늘 피에르랑 나눠 먹었는데…"

알렉시는 피에르가 아무런 우정의 표시를 하지 않는 것에 질렸어요. "아냐, 아냐, 넌 내 친구야, 내 제일 친한 친구." 피에르는 이렇게 말을 하죠. 하지만 말은 단지 말에 지나지 않아요. 누군가가 "사랑해"라고 말할 때 그것이 진심인지 어떻게 알 수 있을까요? 누구도 말이나 고백이 진실인지 아닌지 측정할 수 있는 거짓말탐지기는 갖고 있지 않아요! 그런데 그것을 알아볼 수 있는 방법이 하나 있어요. 바로 행동의 진정성을 살펴보는 거랍니다. 친구를 만나려고 네 시간 동안 기차를 타고 왔고, 아픈 친구를 위해 매일 친구 집에 가며, 파티에 가는 친구에게 자기가 가장 아끼는 드레스를 빌려 주는 것, 바로 이러한 행동이 사실이고 진실입니다.

일요일: "오, 내 사랑, 나 이번 여름에 내 친구 쥐스랑 2주 동안 여행하기로 했어. 등반, 급류타기, 산악자전거, 정말 신날 거야! 그리고 나서 휴가가 3일 남아. 너랑 단 둘이서 보내면 정말 좋을 것 같아. 다른 계획 있어?" 마누엘은 레나의 손을 잡으며 다정하게 말했어요.

화요일: "아, 어쩌지? 금요일에 너 마중 못 나갈 것 같아. 경기가

있거든. 혹시 갈 수 있을지도 모르니 정확하게 언제 도
착하는지 말해 줘. 연장전만 없으면 아마 데리러 갈 수
있을 거야. 마음은 정말 그러고 싶어." 마누엘은 레나의
귓속에 사랑의 말을 속삭여요.

목요일: "이번 주말에 카롤린네 집에 가는 거 혼자 가
면 안 돼? 솔직히 말해서 나 정말 그 친구들이 싫거든."
레나는 실망했어요. "내가 얼마나 널 사랑하는지 알면
좋겠다!" 마누엘은 사랑이 가득 찬 눈빛으로 레나를 바
라보며 말했어요.

만약에 계속 이런 식이라면 레나는 의심하기 시작할
거예요. 마누엘이 속삭이는 사랑의 말은 상대의 기분을
좋게 하죠. 하지만 실제 행동은 어떤가요? 사랑은 사실
이고 진실일 때 다른 사람과 나눌 수 있어요. 무언가를
함께함으로써 사랑은 성장한답니다. 말로만 하는 사랑
은 사랑이 아니에요.

톰이라는 함정

"응, 그래, 나도 댄스
음악을 좋아하잖아. 그렇
지 않아도 싸이 콘서트 표
구하고 싶었는데, 싸이가 파리에 온다는 거 알고 있니?"

마리옹은 자기 귀를 믿을 수가 없었어요.

순 거짓말쟁이!

마리옹은 리자가 댄스 음악을 좋아하지 않는 걸 잘 알
고 있답니다. 지난번에 막스가 같이 가자고 했을 때에는
싫다고 거절했거든요! 마리옹은 톰이 리자에게 영화 보
러 가자고 하는 걸 들었어요.

"일요일에 〈스크림 2〉 보러 갈래?"

"좋은 생각이야! 나 1탄 정말 재미있게 봤거든. 세 번
이나 봤어!"

마리옹은 이번에도 기가 막혀 숨이 멎는 줄 알았어요.

사실 마리옹은 얼마 전에 리자와 함께 〈스크림 1〉을 보러 갔었답니다. 그런데 리자가 영화 보는 중간에 뛰쳐 나갔거든요! 그때 리자는 다시는 공포영화를 안 볼 거라고 맹세했었지요.

톰이 나가고 나자 마리옹은 참다못해 리자에게 소리를 꽥 질렀어요.

"너 톰 좋아하는 건 알겠는데, 어쩜 그렇게 거짓말을 잘하니!"

톰을 기쁘게 하려고 리자는 속임수를 써요. 마음에도 없는 말을 꾸며 내지요. 톰이 좋아하는 음악을 차마 싫어한다고 말할 수 없었고, 공포영화를 무서워한다는 것도 숨겼어요. 리자는 가짜 리자를 만들어서 톰이 진짜 리자보다 가짜 리자를 더 좋아하게 만들었어요.

우리는 상대방을 기쁘게 하지 못할까 봐 두려워해요. 상대방이 자신을 좋아하게 하는 방법을 알지 못해 겁을 내죠. 친구 없는 외톨이가 될까 봐서요. 그래서 때때로 용기 있게 자신을 있는 그대로 보여 주지 못한답니다.

차라리 상대가 좋아하는 것에 맞춰 위장하는 것이 낫다
고 생각해 버려요. 다른 사람이 자신을 좋아하게 만드는
것은 정말 중요한 일이에요. 그래서 가끔 속임수를 쓰고
싶어지죠.

연기 좀 그만 해!

여기서 문제는 그런 식으로 위장하는 것을 멈추지 못하거나 잊어 버린 채 계속해서 거짓말을 해야 한다는 거예요. 만약 진짜 나를 보여 주지 않는다면 인위적이고 거짓으로 만든 나로 있는 것에 익숙해지게 돼요. 그렇게 되면 진짜 자기 자신의 모습으로 살아갈 수 없게 된답니다. 결국 진실한 우정이나 사랑을 주고받는 일은 불가능해지죠.

진짜 리자는 너야!

만약 리자가 오랫동안 그런 행동을 한다면 거짓 우정 이야기와 거짓 사랑 이야기 안에서 단지 연기를 하며 사는 것일 뿐이랍니다.

물건일까 사람일까

루카의 아버지는 유명한 축구팀의 감독이에요. 때때로 루카는 이런 고민을 해요. 반 친구들이 자기랑 친해지고 싶어 하는 이유가 친구들에게 축구 경기 입장권을 공짜로 나누어 주기 때문이 아닐까 하고요.

잔느의 어머니는 텔레비전 뉴스 앵커우먼이에요. 잔느는 친구들이 집에 놀러 오는 목적이 혹시 유명한 엄마를 직접 보려고 그러는 게 아닐까 걱정이 됩니다.

루카와 잔느는 목적을 가지고 자기를 좋아하는 거짓 친구가 있을까 봐 고민해요.

벵자맹은 부활절 사탕을 학교에 가져왔어요. 그러면 반 친구들이 자기에게 말을 걸려고 할 거거든요.

사탕은 어쩌면 벵자맹이 다른 친구들과 만나는 것을 도와줄지도 몰라요. 하지만 만약 벵자맹이 사탕을 더 이상 가지고 오지 않는다고 가정해 봐요. 그래서 그에게 말을 붙이는 친구들이 없어진다면 벵자맹은 그저 공짜 사탕 판매기에 지나지 않게 돼요. 한마디로 친구들에게 물건 취급을 당한 거죠.

넌 내 거야!

"너 알아둬, 다시는 걔를 안 볼 거야.

걔는 나를 속였어.

우리 사이는 이제 영원히 끝났어."

그런데 왜 라나가 단짝 친구인 엘로이즈를 버렸을까요?

왜냐하면 라나는 질투가 정말 심한 아이거든요.

엘로이즈가 한 달에 두 번 마린네 집에서 잔 것에 대해 몹시 화가 났답니다.

내 친구라고!

라나의 질투는 우정과는 아무

상관이 없어요. 라나는 단짝 친구를 혼자서 독차지하고 싶었던 거예요. 엘로이즈가 자기 소유물이 되기를 바란 거죠. 하나의 물건처럼 말이에요.

"엑토르는 자기 아내가 다른 남자와 몇 마디 말만 나누어도 질투를 해요."

엑토르의 질투는 사랑과 전혀 관계가 없어요. 질투를 한다고 해서 상대를 꼭 사랑하는 것은 아니에요. 엑토르는 자기 아내의 주인이 되길 바란 거죠.

물론 친한 친구가 다른 아이와 가깝게 지내면 서운한 마음이 들 수는 있어요. 이따금 우리는 내 친구가 다른 사람과 더 가까워지지는 않을까 고민해요. 내가 사랑하는 사람이 다른 사람과 사랑에 빠질까 봐 걱정하기도 하고요. 불안해 하지 않고 싶어 하죠. 하지만 질투가 많은 사람은 과연 상대를 사랑하고 있는 걸까요? 그들은 사랑을 하는 걸까요 아니면 소유하고 싶어 하는 걸까요?

내가 그랬다고?

기욤의 토요일은 조짐이 좋았어요. 오전 11시에는 축구 연습이 있어요. 기욤은 세상이 두 쪽 나도 축구 연습은 빼먹지 않는답니다. 연습이 끝나면 팀원과 경기장 옆 돈까스집에서 점심을 먹어요. 오후 4시에는 에릭과 비비아나를 만날 거예요. 부모님이 영화관에 데려다 주시기로 했지요. 나쁘지 않아요!

기욤이 막 운동 가방을 챙기는데 전화가 울렸어요. 제롬이 울먹이며 말해요. 흐느끼는 소리 때문에 잘 안 들렸지만 기욤은 제롬이 하는 말을 이해했어요. 아침에 일어나 보니 침대 밑에 자기 고양이가 죽어 있더래요.

"고양이가 자는 거 아냐? 잘 흔들어 봤어?"

기욤은 시계를 보면서 물어봐요.

아이, 이런! 이러다 약속 시간에 늦을 것 같아요.

"어… 진짜 죽었어… 나 어떡하면 좋아?"

기욤도 개를 키워요.

하지만 제롬이 고양이가 죽었다고 왜 이렇게 징징거리는지 도무지 이해가 안 돼요.

"부모님 안 계셔? 시장 가셨다고? 멀리 가시진 않으셨을 테니까 핸드폰으로 전화해서 곧바로 오시라고 해. 야, 괜찮을 거야. 그리고 나 지금 나가 봐야 해, 늦으면 벌칙을 받거든. 감독님이 일요일 경기에 못 나가게 하실지도 몰라."

기욤은 현관문을 닫고 경기장으로 마구 뛰었어요.

경기장에 들어서다가 기욤은 갑자기 멈춰 섰어요. 그리고 다시 제롬의 집을 향해 뛰었답니다. 아무래도 제롬을 혼자 있게 해서는 안 될 것 같았거든요.

세상이 두 쪽 나도 기욤은 축구 연습을 빼먹지 않습니다. 하지만 친구를 위해 그렇게 중요하게 여기던 연습을 빼먹을 수밖에 없었어요.

기욤은 친구를 위해서 자기가 좋아하는 것을 포기할

수 있을 거라고 생각하지 않았어요.

게다가 기욤은 사람들이 자기한테 너무 이기적이라고
하는 말을 듣곤 했거든요. 자기만 생각하고 자기의 즐거
움만을 중요하게 여긴다고요. 그러다 보니 기욤은 스스
로 이기주의자라고 생각하게 됐답니다.

제롬과의 우정은 기욤에게 새로운 면을 발견하게 해
주었어요. 친구에게 신뢰를 안겨 주게 된 거지요. 우정
은 또 다른 세계로 들어가는 입구예요. 기욤은 제롬의
세계로 들어가 제롬의 슬픔과 외로움을 이해했답니다.

사랑의 젖병

"어머, 이 예쁜 아이가 누굴까? 바로 너야! 태어난 지 몇 시간 안 됐을 때 찍은 거지!"

앨범을 넘기고 있는 앙투안 옆에서 앙투안의 엄마가 감동에 겨운 목소리로 소리쳤어요.

"요 커다란 눈망울 좀 봐. 까만 눈이 우리를 빤히 쳐다보고 있잖아! 코는 또 얼마나 귀엽게 생겼니? 입술은 완전히 하트 모양이야… 정말 사랑스러운 아기지!"

앙투안이 웃었어요.

"아, 정말 이게 나란 말이에요? 머리는 커다랗고 대머리에 완전 납작코잖아요. 거기에다 튀어나온 큰 눈! 어떻게 이게 잘생겼다는 거예요? 나라면 보자마자 도망갔을 것 같은데!"

앙투안의 부모님은 절대로 도망가지 않았어요! 이 아기를 한없이 사랑스럽게 쳐다보셨답니다. 아무리 봐도 앙투안의 눈에는 못생겼는데, 부모님은 아기가 너무나 잘생겼다고 생각하셨어요. 그리고 아기는 이 사랑을 느꼈어요. 부모님은 단지 우유만이 아니라 커다란 사랑으로 자식을 키운답니다. 사랑이 없다면 세상의 모든 아기는 심각한 병에 걸리거나 죽을 수도 있을 거예요. 한 인간, 아니 전 인류가 살기 위해서는 사랑이 필요해요. 저마다의 존재를 느끼기 위해서 우정과 사랑은 반드시 필요하답니다.

미친 사랑이라니, 말도 안 돼요!

사진기자들이 할리우드 호텔 방 안으로 우르르 몰려들었어요. 유명 연예인 부부인 지미와 파멜라가 또 한바탕 크게 싸웠답니다! 방 안의 물건들이 다 망가지고 파멜라는 눈두덩에 시퍼런 멍이 들었어요.

지미는 유치장에 갇혔지요. 하지만 곧 풀려날 거예요. 파멜라는 더 이상 일이 커지길 바라지 않거든요. 커다란 선글라스로 눈을 가린 파멜라는 기자들에게 말했어요.

"전 지미를 사랑해요. 그 사람은 제 목숨과 같아요."

다음날 신문에서 우리는 다음과 같은 기사 제목을 볼 수 있을 거예요.

"지미와 파멜라는 아직도 미친 듯이 사랑하고 있다!"

그렇지만 이 기사 제목은 거짓이에요. 이러한 미친 폭력은 사랑과는 전혀 관계가 없어요. 지미와 파멜라가 하

는 행동은 많은 사람들이 보
는데도 길바닥에 드러누
워 떼를 쓰는 어린아이
와 다를 바 없어요. 어린아이
라면 그럴 수 있어요.
화가 나는 걸 조절
할 줄 모르기 때문
에 그대로 전부 표
현하는 거니까요.

당연히 널 사랑하지!

　지미와 파멜라
의 경우는 아주 심각해요.
감정 조절을 하지 못해 모든 걸 망가뜨리고 상대방에게
도 피해를 주고 있어요. 이런 심각한 상황이 벌어진 이
유가 서로를 너무나도 사랑하기 때문이라고 착각하겠지
요. 그러나 그것은 사랑과는 전혀 관계가 없답니다. 사
랑하는 사람을 때리는 일은 있을 수도 없고, 자신을 때
리는 사람을 사랑할 수는 없는 거니까요.
　진정한 우정과 진정한 사랑은 우리를 이롭게 하는 것

이지 피해를 주는 것이 아니랍니다.

● "제 아버지는 저를 때려요, 사랑해서 그런대요."

아니에요. 아버지가 자식을 때리는 것은 다른 강한 감정에 사로잡혔기 때문이에요. 이를테면 분노라든가 실망감, 질투, 공포 또는 이 모든 것들이 조금씩 뒤섞인 감정들이지요. 이 세상에서 사랑과 섞일 수 있는 감정들은 많답니다. 공포, 실망감, 후회 등등. 아버지는 자신을 지키지 못하고 이런 감정들에 지배당한 거예요. 마치 감정을 조절할 힘을 잃고 거대한 파도에 휩쓸리듯 자신이 어리석은 행동을 하도록 내버려 두는 것과 같지요.
사랑은 결코 폭력을 휘두르게 하지 않아요. 진정한 사랑은 상대를 아프게 하지 않는답니다.

거울아, 내 아름다운 거울아

쥘리앙은 거울을 들여다봐요. 말라깽이에 완전 약골이라고요? 여드름투성이에 볼품없는 소년이라고요? 이상하네요. 여자친구 안나와 손을 잡고 걸을 때면 쥘리앙이 강하고 크고 지혜롭고 유머 있는 사람으로 느껴져요!

안나의 눈에는 쥘리앙이 욕실 거울로 들여다본 그 사람이 아니랍니다. 오로지 안나를 사랑하는 쥘리앙이 보일 뿐이죠. 그리고 이 쥘리앙은 실제로 존재해요. 안나가 이런 쥘리앙을 찾아낸 거예요.

친구의 눈, 사랑하는 이의 눈은 이 세상에서 제일 좋은 거울이랍니다. 거울 속에서 사랑하고 싶은 누군가를 발견하고, 그 사람을 사랑하는 누군가를 보게 됩니다.

따르르릉, 따르르르르릉

흰말이 강을 가로질러 힘차게 달려왔어요.

이윽고 기사가 말에서 내렸지요.

그이예요, 바로 내 사랑 내 왕자님.

그는 잘생겼고, 두 눈은 사랑으로 빛나요!

그의 품에 안긴 나는 가슴이 뛰어요.

우리는 함께 세상 끝까지 갈 거예요.

그가 내게 키스를 해요.

그는 내가 아름답다고 말해요.

그는 나를 보려고 밤새 말을 타고 달려왔어요.

자신의 성과 하인, 재물, 이 모든 것을

나에게 주었어요.

따르릉, 따르르르르릉.

따르르르르릉릉.

솔렌은 깜짝 놀라 눈을 번쩍 떴어요. 아, 이럴 수가! 꿈을 꾼 거예요. 솔렌은 다시 머리를 베개에 파묻어요. 왕자님을 만나러 다시 가야 해요. 다시 잠들어야 한다고요, 어서!

솔렌은 꿈 속에 있고 싶어 하죠. 이해해요!

따르릉, 따르르르르르릉.
따르르르르르르릉.

자명종이 다시 울리기 시작했어요. 솔렌은 눈을 뜨고 시계를 봤어요. 7시 10분. 솔렌은 벌떡 일어나 침대를 빠져나왔어요. 샤워를 하면서 솔렌은 로랑을 생각해요. 오늘은 솔렌의 생일이에요. 두 사람은 저녁에 파리 센 강 유람선 레스토랑에서 함께 저녁을 먹기로 했어요. 로랑은 말을 타고 강을 건너오지 않을 거예요. 그녀를 만나기 위해 밤새도록 말을 달리는 일도 없을 거고요. 로랑은 버스를 타고 올 테니까요. 하루 종일 일하다 지쳐 성이 아닌 사무실에서 퇴근하겠죠. 하지만 꿈에서처럼

● 솔렌은 심장이 두근거릴 거예요. 두근두근…

솔렌의 심장은 실제로 더 쿵쾅쿵쾅 두근거릴지도 몰라요! 우리는 늘 완벽하고 유일한 사랑을 꿈꿔요. 누구든 자신 안에서는 완벽하고 유일하답니다. 우리는 상상하고 꿈꾸며 아주 강렬하게 바라지요. 그리고 어느 날 진짜 사람과 진짜 사랑 이야기를 펼쳐 가게 되겠죠. 꿈에서처럼 용기를 내서요. 로랑과 솔렌은 자신들이 바라던 꿈을 현실에서 진짜 이야기로 이루어냈어요. 두 사람은 서로 사랑해요.

나빠!

"로랑 오빠, 기다려! 나도 오빠랑 같이 솔렌 언니 만나
러 가고 싶어."

로랑은 어떻게 해야 좋을지 난처했어요. 열 살 난 여
동생 마농을 슬프게 하고 싶지는 않았어요. 하지만 솔렌
과 단둘이만 있고 싶었답니다. 솔렌이 출장을 가는 바람
에 8일 동안이나 못 만났거든요.

"마농, 오빠 데이트하는데 방해하면 안 돼."

"왜? 나 오빠랑 언니 귀찮게 안 할 거야… 언니, 오빠
나빠!"

"이리 와, 만화영화 비디오 빌리러 가자."

로랑의 엄마는 딸 마농의 손을 잡으며 말해요.

마농은 도무지 이해가 되지 않아요. 왜 오빠는 솔렌
언니와 단둘이 있으려고만 하는 걸까요? 일기장에 우리

는 아주 개인적인 일을 적어요. 부모님이나 단짝 친구한테도 비밀이죠. 사랑 이야기는 두 사람 사이의 사적인 일이에요. 오로지 둘만의 문제랍니다.

사랑은 두 사람만의 친밀함을 필요로 해요. 이 친밀함 안에서 서로 가까워지고 서로를 쓰다듬고 안아주지요. 서로를 발견하고 깊은 대화를 나누는 겁니다. 그리고 이것은 마농과 함께 할 일이 아니에요. 부모님도, 그 어떤 누구와도요.

나는 누구지?

 우리는 매일같이 타인과 유대 관계를 맺으며 살아가요. 또 가까운 친구의 삶에도 어쩔 수 없이 얽히게 되죠. 인생의 어느 한 부분에서 연결이 되기도 하고, 때에 따라서는 인생 전체에 깊이 끼어들게 된답니다.

- 클레망스와 있으면 나는 춤을 춰…
- 클레르와 있으면 나는 자꾸 화를 내…
- 마리옹과 있으면 난 제자리에서 맴돌아…
- 오렐리아와 있으면 내 자신이 빛나는 것 같아…
- 앙투안과 있으면 난 머리가 돌 것 같아…
- 카롤린과는 난 괜히 심술을 부려…
- 오드레이와 있으면 나는 마음이 편안해…
- 르네와 있으면 딱 달라붙어 있어…
- 오스카와 있으면 난 스타가 돼…

알리스와 있으면 난 완전 짓궂어…

카미유와 있으면 나도 모르게 한숨이 나와…

밥티스트와 있으면 나는 슬퍼…

그레구아와 있으면 자랑스러워…

폴린과 있으면 나는 의기소침해져…

파멜라와 있으면 끊임없이 수다를 떨어…

마르고와 있으면 모든 것이 아름다워…

푸시와 있으면 나는 계속 웃어…

나 자신과 있을 때 난 누구지?

　때때로 우리는 카멜레온 같아요. 초록색 잎사귀를 만나면 초록색으로 변하고, 빨간 벽돌을 만나면 빨간색으로, 갈색 나무를 만나면 갈색으로, 노란 꽃을 만나면 노란색으로 끊임없이 변해요. 때때로 우리는 친구의 색을 닮거나 사랑하는 사람의 색을 닮아 갑니다. 진정한 자신만의 색은 없어요. 클레르, 마리옹, 클레망스, 르네, 오스카, 그리고 타인 안에서 자기를 잃어 가는 거죠. 우리의 개성은 다른 사람의 개성에 녹아들 수 있어요. 그리고 다른 사람과 함께 조금씩 다시 만들어진답니다.

자신을 사랑하기

"나는 둘이서 함께 많은 계획을 세우고, 서로 신뢰를 나눌 수 있으며, 흥미로우면서 충분히 매력적이고, 때로는 귀찮게 굴어 성가시긴 하지만 오로지 사랑하는 사람만을 생각하는 사람을 알아."

"그런데, 그런 사람이 누구야? 소개 좀 해 줄 수 있어?"

당연히 이 세상의 모든 사람이 이런 사람을 알고 싶어 하겠죠? 아마 모두가 친구가 되고 싶어 할걸요? 정말로 간절히 원할 거예요!

"응, 지금 바로 소개해 줄게. 네 코앞에 있잖아, 바로 나야!"

자기 자신을 친구로 여긴다는 건 멋진 일이에요! 내 자신이 좋은 친구가 되기를 바란답니다. 믿을 수 있는 사람, 자기에게 확신이 있는 사람 말이에요. 이것을 자기애라고 불러요. 하지만 자기 자신과 그저 평범한 우정을 쌓고 싶지는 않지요.

그리고 이 이야기는 다른 사람들이 글로 옮기고 싶을 만큼 아름답고 진실함이 깃들기를 바란답니다. 그러면 다른 이들도 자신을 본받고 싶어 하고 함께하고 싶어 할 테니까요.

자신을 사랑하는 것은 쉬운 일이 아니에요. 많은 노력을 필요로 하지만 해볼 만하답니다. 자기를 사랑하는 일에 성공했다면 타인을 사랑할 준비가 된 겁니다. 우정과 사랑을 얻을 수 있게 되는 거죠.

나만의 철학 맛보기 노트

흠…

아무것도
안 보여!

진짜 철학 맛보기

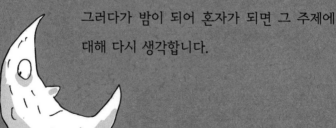

가끔씩 친구들 두세 명 또는 여럿이서 모여 영화를 보거나 놀이를 하지요. 또 발표 숙제를 준비하거나 음악을 듣기도 하고요. 때로는 친구들과 있으면서 특별히 무언가를 하지 않을 때가 있는데, 이럴 땐 모두가 관심 있어 하는 주제에 대해 대화를 나누어 보세요.

대화를 하다 보면 부모님, 선생님, 친구, 사랑, 전쟁, 부끄러움, 불공평 등 다양한 주제로 이야기가 이어져요. 그러면서 우리는 다른 세상을 꿈꾸지요!

그러다가 밤이 되어 혼자가 되면 그 주제에 대해 다시 생각합니다.

진짜 철학 맛보기

다른 사람들과 세상의 모
든 것에 대해 이야기를
나눌 수 있다는 것은 정말
좋은 일이에요. 물론 자기
말만 하고 도무지 남의 이야기를
들으려고 하지 않는 사람들과 있으면 의견 차이를 좁히지
못해 화가 날 때도 있지만요.

하지만 의견이 다르면 좀 어때요! 우리가
함께 정한 주제에 대해 자유롭게 이
야기하고 토론하는 것이 더 중요
하지 않을까요? 자기 집이나 친
구 집, 학교에서도 이야기를
나누면 어떨까요?

진짜 철학 맛보기

진짜 철학 맛보기에 성공하고
싶다면 몇 가지 주의할 것들이
있답니다.

- 대화 참여자 수는 10명 이내로 하는 것이 좋아요.

- 마실 음료와 간식을 미리 준비해 두면 좋고요!

- 바닥에 앉아도 좋고, 각자 편한 자세로 자유롭게 대화를
  나누는 겁니다. 둥글게 빙 둘러앉아서 한가운데에 음식을
  놓을 수도 있습니다.

진짜 철학 맛보기

- 대화 주제를 미리 정한 것이 아니라면 누군가가 나서서 여러 가지 주제를 제안할 수 있지요.

- 각자 가장 마음에 두고 있는 주제를 내놓습니다. 자신의 선택을 미리 말해서 다른 사람에게 영향을 주지 않도록 주의해야 해요.

- 가장 인기 있는 주제를 투표로 결정합니다. 한 사람당 한 가지 주제만 선택할 수 있어요.

- 가장 많은 표를 받은 주제가 바로 오늘의 대화 주제가 되는 것입니다.

진짜 철학 맛보기

상대의 말에 **귀를 기울**이고, 서로 싸우지 않으면서 나와 다른 의견을 받아들여야 합니다. 그리고 모두에게 말할 수 있는 공평한 기회를 주어야 해요. 그러려면 어떻게 해야 하는지 다음 내용을 읽어 보고 실천해 봅시다!

자, 이제 시작할까요?
한 시간 정도 대화를 나눠 보세요!
뜻깊은 하루가 될 거예요!

진짜 철학 맛보기
사랑과 우정

과일 주스와 과자도 있고 대화의 주제도 벌써 준비되어 있군요! 오늘의 주제는 바로 '사랑과 우정'입니다. 만약 대화를 바로 시작하기 어렵다면 다음과 같이 해봅시다. 서로 멀뚱멀뚱 쳐다보기만 하고 아무도 말을 하지 않을 경우도 있을 테니까요.

● 12쪽의 카미유가 느낀 감정을 이해했나요?

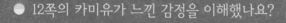

● 35쪽의 루카가 생각하는 것이 합리적인가요?

진짜 철학 맛보기
사랑과 우정

내 친구라고!

● 37쪽에서 라나의 행동을 어떻게 생각하나요? _____

_____

_____

● 41쪽의 기욤이 배웠던 것과 같이 우정이 무언가를 가르쳐 준 경우가 있었나요? _____

_____

_____

_____

● 44쪽에서처럼 이런 일이 왜 사랑한다고 말하는 사람들에게 생기는 걸까요? _____

_____

_____

_____

진짜 철학 맛보기
사랑과 우정

친구들과 대화할 때 이 책을 활용해 보세요. 한 친구가 먼저 본문의 일부 또는 일화 한 편을 읽습니다. 그런 다음에 이와 비슷한 경험을 한 사람이 자신의 이야기를 들려줍니다. 그러고 나서 본문의 내용이 무엇을 의미하는지 서로 이야기를 나누세요.

스스로에게 질문을 할 수도 있고 다른 사람에게 질문을 할 수도 있어요. 질문에 대한 대답을 함께 찾아보세요. 확실한 대답을 찾기 어려운 질문도 있습니다. 왜냐하면 질문 속에 또 다른 문제들이 숨어 있거든요.

진짜 철학 맛보기
사랑과 우정

몇 가지 예들을 생각나는 대로 적어 보면 다음과 같아요. 다음 질문에 전부 대답 하려면 아마 몇 시간은 걸릴 거예요!

"다른 사람들과 같지 않아서 고민한 적이 있나요?"

"예를 들어 사랑하는 사람이 없어서 비웃음을 살까 봐 두려워한 적이 있나요?"

"질투는 사랑한다는 표시일까요?"

"나 자신을 사랑하는지 나에게 물어본 적 있나요?"

"사랑 이야기는 늘 안 좋게 끝나나요?"

이제 여러분이 대답할 차례예요!
철학 맛보기 시간!
여러분의 생각을 표현해 보세요!

내 생각은...

내 이야기는...

철학 맛보기 시리즈

〈철학 맛보기〉 시리즈는 계속해서 출간될 예정입니다.

〈철학 맛보기〉 시리즈는 우리 주변에서 일어나는 일상의 일들을 생각
해보는 '생활 철학'입니다. 어린이의 눈높이에 맞게 생활 속의 이야기를
들려주고 아이들 스스로 논리적 사고를 할 수 있도록 도와줍니다.